글쓴이 황현희

그림책에 욕심이 많은 엄마입니다. 평생 그림책 주위를 맴돌며 살고 싶은 바람이 있습니다.
그림책 출판사를 꾸리며 글을 쓰고 있습니다.
《방귀야 부탁해》를 쓰고, 《동글이》를 쓰고 그렸습니다.

그린이 이수미

어린 시절 방바닥에 엎드려 색연필로 무언가를 끄적였습니다.
그림을 만들어내는 사각사각 색연필 소리가 좋았습니다.
가족과 친구들에게 손 엽서를 그려 선물하고 행복과 즐거움을 느끼는 아이였지요.
성균관대학에서 디자인을 공부하고 실크스크린 작가, 일러스트레이터로 활동하고 있습니다.
어른이 된 지금은 어릴 적 손 엽서에 담았던 따스한 마음을 그림책에 다시 담아
많은 사람에게 전하는 작가가 되었습니다.
현대 어린이책 미술관 〈언-프린티드 아이디어〉 1회 그림책 작가로 선정되었고,
현대에서 주관하는 어린이 아트북 프로젝트에 참여하였습니다.

지금 우리 숲속은

ⓒ 황현희 이수미 2024

초판 1쇄 발행 2024년 5월 27일

글쓴이 황현희 | 그린이 이수미
펴낸이 황현희
디자인 골무 | 제작 공간
펴낸곳 섬집아이 https://blog.naver.com/sumjib1 | 주소 인천 강화군 선원면 연동로 162번길 16
전화 010-9593-3712 | 팩스 0504-436-1871
인스타그램 instagram.com/sumjib_i | 페이스북 facebook.com/sumjib1
출판등록 2021년 3월 7일 제357-2021-000002호

ISBN 979-11-975829-5-0 77810

지금 우리 숲속은

황현희 글 | 이수미 그림

섬집아이

햇빛이 숨어버리면
달빛도 따라 숨어드는 그런 날,
숲속은 소란스러워요.

톡 톡 톡,
비가 시작했어요.

선녀님은 벌써 옥빛으로 물들었어요.

"음, 음! 개굴개굴 개구리 노래를 한다."
빗물에 촉촉해진 개구리는 신이 났어요.

"청설모야, 우리 놀자."
"비가 오잖아. 오늘은 오랫동안
도토리를 품을 수 있어."
청설모는 지난가을의
행복했던 기억이 떠올라
마음이 바빠져요.

총 총 총.
물만 먹던 토끼는 비가 오면 세수를 해요.
"에구머니나, 꼴이 이게 뭐람!"

삘릴리 삘리릴리 삘릴리리.
비와 바람이 연주하는
풀피리 소리는
아기 뱀을 춤추게 해요.
"비가 오는데 바위 밑에서만
있을 수 없지!"

"어머나, 가시가 보석처럼 빛나고 있어!"
"비가 오는데 때 빼고 광내야지."
고슴도치는 비가 선물해 준 여유로운 시간에
정성을 쏟았어요.

"소문난 숲속 멋쟁이가 너였구나!"
"비가 오면 꽃들도 신이 난대!"
빗소리를 따라 숲속은 하나가 돼요.

"산양아, 배부르지 않아?"
"토실토실 살 오른 풀과 옥빛 물을 좀 봐. 모두 비가 선물해 준 거야.
아이들에게 이 신선함을 많이 주고 싶어."

"곰돌아, 보물 찾았어?"
"비가 오잖아. 오늘은 천천히 찾아도 돼.
달콤한 꿀이 없어도 지금 우리 숲속이 너무너무 좋아."

비가 오면 숲속은 가득 차요.
그리고 파티가 열리지요.

"이젠 어쩔 수가 없어. 점점 더 많이 몰려오고 있어."

"난 초대한 적 없는데…… 꽃들을 짓밟고, 다 꺾어가 버려. 항상 제멋대로야."

"왜 묻지도 않고 오는 거야! 난 우리 아이들을 지키기 위해 깊고 힘한 숲속으로 떠나야 할 것 같아."

"나무 나빠! 내 꿀을 뺏어가고, 총으로 나를 쏜 적도 있어."

"햇빛이야! 벌써 빵빵 소리가 들려."

"으앙, 벌써? 내 노래 아직 끝나지 않았는데……"

"내 도토리 들키면 어떡해."

"깨끗하게 세수하고 싶은데…… 일단 물이라도 먹고 가자."

"왜, 내 집에 마음대로 들어와서 주인인 나를 쫓아내는 거야!"

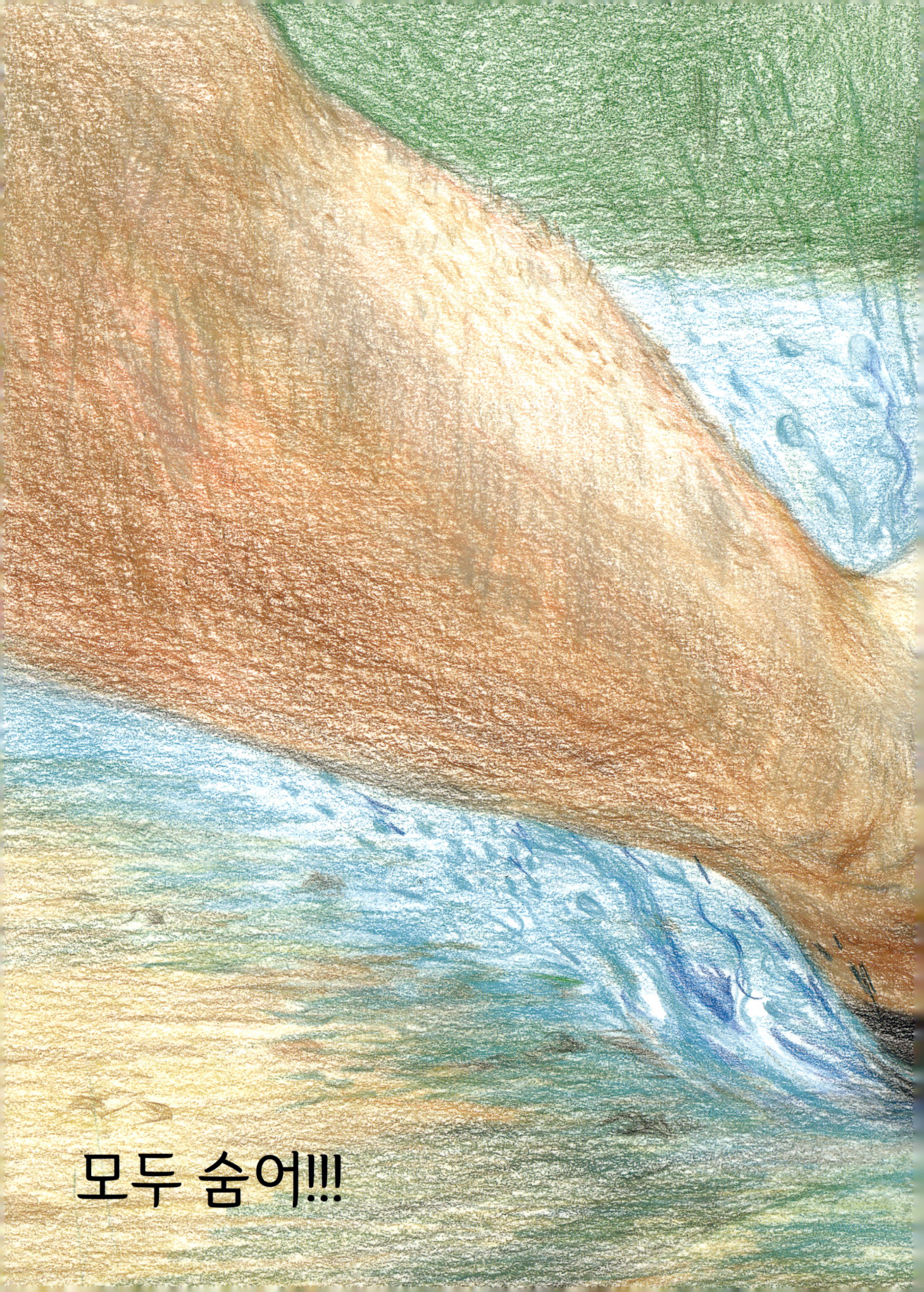

빛에 쏘인 숲속은 기다려요.
어서 빨리 비가 오기를…….